À mon unique
Carla-Christine

PREMIÈRE PARTIE

A – MAISON-MÈRE

Le ciel se reflète
Avec trois fois la lettre E
Vacances
Mon chien
Notre maison
Petite porte en fer
Portail gris sur le dos
Les ronces fières
La marche qui craque sous la pointe des pieds
Mon oncle et son tilleul
Boules rouges
Trois livres dorés
Une lampe au pied turquoise
Un enfant qui riait
Quatrième ange
Des âmes dans les prés
C'était un deux décembre

B – LES COULEURS DE MON ÂME

Mon âme a la couleur…
La table ridée
Pourquoi ?
Tête de poupée
De leurs mains grossières
La villa de M. L.
L'arbre 444
Une étoile à la place du cœur
Les tranches des livres
Cela me prend à la gorge
En nacelle
Passaient et repassaient
Comme un musée

C – SUR LA VOIE PARALLÈLE

Un petit enfant
Dan
Il crie
Paupières fermées
Le paquet de cigarettes
Des boules qui auraient été pour le sapin
Bernd
Cerfs de Noël
Ossam
Chemin Latéral numéro 13

INTERMÈDE

Mozart en Amazonie – Des pipes au plafond
Poèmes à couper aux ciseaux

DEUXIÈME PARTIE

A – À CELLES QUI M'ONT AIMÉ

Cannelle
Son livre
Cannes
Rue du Gratte-Sac
Si bien dehors
Sa main
Deux doigts
Sa robe
Veste rose
Voyage
Simple regard
Baptême de Greta
L'horloge des étés
La châtaigne et l'enfant
Oasis
Le corbeau et la mouette
SMS à ma femme
Au café

B – UNE FLAMME À RANIMER

Mains jointes
Bien curieuse église
St. Bertrand
Pompéienne
Ils soignent si mal leurs tombes
Cimetière des papillons jaunes
Regrets de ne plus voir
Cyprès blancs
Je me suis encore installé sur ce banc

C – MOMENT DE JOIE, INSTANT DE PEINE.

Éternité d'hier
Tout le bonheur du monde
Berceau blanc
Trou dans l'osier
En une joie soudaine
Tatouage
Au temps du bec des oiseaux noirs
Une tristesse m'habite
Jardin
Dans son parc, à Weimar

MAISON-MÈRE

LE CIEL SE REFLÈTE

Le ciel gris se reflète
Sur le toit d'ardoises de l'église.
Avec la pluie
Il passe sous les volets gris-bleu.

L'ennui d'une buse perdue plane
Sur la campagne.
Sur le seuil de leurs portes
Les yeux silencieux de gens d'un certain âge.

Un chien s'écrase de tout son corps
Ni marron ni gris, au bord des restes d'un trottoir.
Un de ses yeux est bleu
Trahissant un passage !

La cheminée garde ses cendres :
Elle attend…
Qu'au matin un oiseau au poitrail rougissant
Console les prairies.

AVEC TROIS FOIS LA LETTRE E

Enfant,
Je l'ai écrit cent fois !
Jamais je ne me suis trompé
Dans ces accents aigus et durs, comme silex roulant
Le dimanche,
Sous le soulier du promeneur.

Avec mon père et ma mère. Sur le banc au jardin.
Contemplant la beauté immobile, éphémère.
De très loin.
Ces cimes inaccessibles.
Et pourtant je les connaissais par cœur,
Quelle qu'en soit l'heure.

Pas besoin d'y monter.
Enfant de la plaine
Mes images se situaient ailleurs :
Les souffles de son vent, descendant des sommets
Effleuraient mon visage.

... / ...

Je respirais avec eux des odeurs,
Imaginant les sentiers tortueux
Et la pointe de ces pics aiguisés à l'infini. Déchirés d'un isard,
Sautant ici et là.
À cette heure un grimpeur imprudent en décroche
Un instant.

Maintenant, il m'arrive aux jours de grand tourment
D'y raccrocher ma vie :
Aux nuages, aux moutons éternels
Qui à perte de vue parcourent les pensées
Et au chien tournoyant,
À son poil noir et blanc.

Et remontent en moi, des rives de l'Adour
Tous ces jours silencieux
De fidèle pluie fine.

VACANCES

Les montagnes me cachent son rouge et son noir
Son sang, ses plages d'été et leurs interminables soirs.
Dans ces rues bourrées de cris et de l'odeur du vin, de la vie qui revient
Se promener à l'ombre.

Tout près de la misère aux yeux rougis qui traîne,
À l'heure où les parasols finissent de vomir leurs milliers de corps nus,
Au coin d'une rue
La pierre rude d'une cathédrale refroidit.
Se vide du silence des cierges.
Des mains, comme jointes, essuient entre leurs doigts
Une goutte de crème solaire
D'où les prières de rêve des enfants s'évadent.

À portée de main, objets en plastique éphémère alignés par dizaines.
Des ânes et des taureaux :
Sur chacune de ces nuques puissantes,
Une indélébile tache.
Rouge.

MON CHIEN

Mon village a disparu.
Dans la brume.
Arrivé au bout de la route, il n'y avait plus rien.

Un paysan seul,
Assis au bord du fossé.
Son chien tout contre lui.
Je me suis avancé : le chien suivait déjà des yeux.

Lui semblait absent. Perdu par des pensées.
Plusieurs fois j'ai posé la question, puis élevé la voix.
À peine redressé sa tête.
Sans me regarder.

Une rosée de tristesse posée sur les épaules,
Repoussant son béret,
D'un geste en arrière
Il a bafouillé quelques mots ;
Trop tôt. Trop tard ?

Je n'ai pas bien compris :
C'était pourtant ici !
Je me souviendrai toujours du museau de son chien.
Il ressemblait, tellement, au mien.

NOTRE MAISON

Une immense bâtisse vide de pas.
Le silence des jours, jusque dans la boue glacée de la cour
La crispe un peu plus :
L'invisible et pesant écrase sa mémoire.

Par la vieille fenêtre, un ou deux souvenirs s'évadent.
Chaque fois elle oublie
De fermer sa fenêtre. Oublie qu'il peut faire froid,
Que la cheminée doucement s'éteint
Et le chien inquiet, qui a faim.

Jusqu'à l'enfance qui passe aux oubliettes.
Et dans un coin, par terre
Elle se recroqueville : sans eau, sans pain.
N'ayez plus peur, dit le docteur
Approchant sa main.

Comme elle aurait voulu
Qu'ils soient loin ! Lui, elle et les autres
Et surtout qu'on ne la touche pas.
Depuis si longtemps
Qu'elle a mal…

PETITE PORTE EN FER

La petite porte en fer, donnant sur le jardin :
Plus rien que de l'herbe
Où se roulent sans cesse, de droite et de gauche, des chiens fous
Qui semblent m'ignorer.

C'était encore un automne et j'étais revenu. Vingt ans après,
Armé d'un passeport en poche.
Mais la serrure rouillée
M'interdisait l'accès.

Simplement, j'espérais.
Que des feuilles viendraient à mes pieds
Et qu'un léger coup de vent,
À défaut de chanson de septembre enroué…

Pousserait la petite porte en fer
Donnant sur le jardin.
Les chiens ne diraient rien,
Car mon odeur leur serait familière :

Celle de l'herbe collée aux jambes de l'enfance.

PORTAIL GRIS SUR LE DOS

Mon portail se faisait lourd sur l'épaule
Et sa clé, à chacun de mes pas, se rapprochait du cœur,
Y retournant les heures.
Celles qui auraient dû ouvrir les portes
Ce soir.

Je montais l'escalier,
Jusqu'à la fenêtre d'où s'envolent toujours ces traces de poussière.
J'attendais
Le chien qui court dans les nuages et l'odeur de l'ail qu'apporterait le vent.

Puis cheminant matinal
Dernière étoile en poche,
Je suis reparti, sans rien ramener. Je n'avais plus le temps !

Avant demain
Il me faudrait chercher à retrouver ces heures. D'avant et d'après.
Celles de l'herbe
Qui brillait sous la neige
Et des noix
Qui s'offraient dans les prés.

LES RONCES FIÈRES

D'un matin à un soir
La porte de la maison s'effondre, entourée de ses ronces
Qui ne ressemblent pas à d'autres.
Et son herbe, qui se tient là
À la pousse si fière!

Protégée par ce volet mi-clos, l'ancienne et souriante vieillesse
Se voit, maintenant qu'elle s'est éloignée,
Accompagnée d'enfants inconnus
Virevoltant autour de l'écorce
De son unique arbre.

Lesquels, sans le savoir
Le long des murs aux prières profondes inscrites dans la pierre
Dépoussièrent un monde d'amitiés,
Oubliées.

En glissant leur nez insolent par la porte.

LA MARCHE QUI CRAQUE
SOUS LA POINTE DES PIEDS

La marche craquait immanquablement au virage.
Même montant sur la pointe des pieds,
S'accrochant désespérément à la rampe.

En haut, au beau milieu du couloir
Son unique trou : beau et ovale, toujours fidèle
Au même endroit du plancher.
On redescendait
Sous le regard du chat qui d'en bas
Jetait un œil sur le pied, approchant la dernière marche usée.
Et puis pour les recompter, les dos courbés du soir les remontaient
Une à une,
Avec cette même lenteur que la veille
Portant ce linge lourd qui avait attendu le grenier
Avec des cheveux blancs, tombés dans la corbeille.
Reniflée par le chien
Quand elle revenait vide, à la cuisine
Auprès de l'unique feu dont l'âcre odeur montait et remontait noircir
Les poutres.
Et à travers le trou elle se glissait toute chaude
Dans la chambre, pour y épier la vie
Qu'un peu avant midi on attendait toujours !
Pas précipités d'un enfant, sautant la marche
Pour venir se mettre à table.

... / ...

Aujourd'hui et voire après-demain, reviendra dans la bâtisse vide
Un jeune et pâle inconnu vaguement digne
Faisant visiter propriété à vendre.
Mettant bêtement son pied sur le trou,
Sans même savoir qu'il respire.

MON ONCLE ET SON TILLEUL

Dans la fraîcheur du pas de la porte
Je levais mon visage d'enfant vers l'énorme tilleul du fond de la cour,
Planté par un oncle quand il avait eu douze ans.
Apaisant souffle protecteur !

Sur le toit régulièrement glissait une branche, puis une autre
Jusqu'à faire bâiller les ardoises.
On avait beau couper : Toujours plus grandes,
Elles ont fini, avec leurs feuilles, par cacher l'arbre tout entier
Et l'herbe qui montait recouvrit les racines.
Sa présence ne se devinait plus qu'au bourdonnement d'abeilles
Et à l'odeur puisque, dans un orage
Il avait disparu.

Une infime seconde j'ai vu
Comme la forme d'une branche, courant sur un éclair
Et une pluie de fleurs suaves
Rafraîchit mon visage
Et mon corps.

BOULES ROUGES

Dans un coin de mémoire.
Perdu, un arbuste
Agite son houx aux boules rouges. Près de la maisonnette
Tout au fond de la cour.

Du vieux calendrier qui se balance, à moitié décroché
Avait été rayé définitivement l'hiver.
Seule, une phrase tremblante
Passagèrement soulignée :
Boudonnement d'abeilles revenues, en haut, dans le tilleul centenaire.

Et le temps des automnes passé,
Quelqu'un aurait été vu
Un soir
Mettant soigneusement le double de la clé de l'été dans sa poche.

Dos tourné
À la porte d'entrée éternellement grise de la cendre de l'âtre
Qui recouvrait, soir après soir
Des yeux rougis de rires !

TROIS LIVRES DORÉS

Trônant des décennies,
Au même emplacement :
Trois grands livres à la tranche dorée, jamais ouverts ni même déplacés.

Et pourtant tant d'ouvrages, relus cent fois au coin du feu.
Des recueils de vers, des récits de dieux.
Des histoires d'enfants retrouvés,
Le miracle des fées.

Ces couvertures roses ou rouges, avec leurs dessins noir et blanc
Nous faisaient sous la pluie
Miroiter un monde d'éclaircies !

Par philosophie le chien se taisait.
Mais, têtu, le chat grattait parfois. Il voulait entrer, voir
Ces trois livres dorés.

Pénétrés de l'odeur évanouie
D'un gâteau découpé.

UNE LAMPE AU PIED TURQUOISE

Le pied turquoise de la lampe à pétrole
Se tient tout au bord de la cheminée.

Yeux fermés. Du bout du doigt
Je retrace ces soirées de feu qui crépite
Où leurs regards se posaient sur les mains immobiles d'en face
Et d'un mouvement lent
Tendaient, de temps à autre, deux ou trois mots tremblants.

La peur restait devant sa porte.
Et tel un ange invisible, la bonté posait une écharpe sur mon épaule
Dans l'humidité qui planait
Jusqu'au dessous du toit où la couleur du ciel, je sais
Ne sera jamais turquoise.

Pourtant en moi revient
L'image de ces ailes, chaque soir, chaque nuit,
De plus en plus immenses.
Protégeant les corps sous leurs vieilles robes de chambre
Vaguement vert de gris :

Alliage de couleurs passagères, d'herbe triste sous la boue des souliers
Et de printemps doré.

UN ENFANT QUI RIAIT

À mon âge avancé je fouille et refouille,
Avec un plaisir fou.
Comme un jeune sans drame, qui courrait à travers les prés.

Et voilà sous mes yeux
Le regard de cet enfant rieur :
Sur l'héliographie découverte dans un tiroir, chez ma mère
Cachée entre deux draps.

Trois adultes, deux enfants.
Habillés comme un jour de fête.
Préparés pour l'instant
Où mes mains devaient se glisser dans la fente
Du tiroir entre-ouvert.

Soir après soir
Je serre maintenant, entre mes mains, l'image oubliée :
Ces deux grands yeux muets
Encadrés de boucles.

Un désespoir m'entoure…
Ne savoir ni le nom, ni même le prénom d'un tout jeune enfant
Au regard
Qui scrute mes pensées.
Lui, qui me connaît depuis cent ans déjà.

QUATRIÈME ANGE

Plantée assez haut dans le mur,
Le reste d'une pointe cassée.
Des traces de crayon délimitant le cadre d'un tableau décroché.
Et puis un trou,
Rebouché.

Sorte d'écran flou, idéal pour projeter des rêves !
Rêve de vieille dame, un de ces jours de soleil aveuglant :
Disparu, paraît-il, par là
Le quatrième de ses anges.

À distance égale
Alignés sur la table, il ne lui en reste plus que trois.
Trois petits anges blancs, se distinguant mal sur fond clair.
Il faut s'en approcher doucement et se baisser
Pour voir :
L'un serre les mains, en forme de prière.
L'autre pose sa main sur le menton, la tête en arrière.
Le troisième enfin montre du doigt l'endroit où aurait disparu le quatrième…

… / …

Par ce minuscule trou, invisible aux yeux
Fermé depuis longtemps,
Bien avant
Que la vieille dame y vienne vivre et revivre.
Quatre murs, quatre anges, quatre enfants.
Quatrième perdu :
C'était quand ?

DES ÂMES DANS LES PRÉS

Effleurant les murs de la vieille maison,
Les âmes se sont glissées
À travers les brumes des prés, remontant la colline sans nom.

Au coin du dernier feu elles s'étaient attardées.
Les yeux dans les braises d'autrefois ou de ce qui en restait :
Symphonie d'étincelles de siècles évanouis…
Sur la porte sans clé la pâleur du soleil promenait
Trois notes assez discrètes.

Dans l'herbe couchée, fatiguées elles restaient.
Allongées. Très haut au-dessus d'elles, des oiseaux excités passaient
Les invitant à gagner le sommet.
La musique muette de leurs petites ailes,
Semblables à des archets privés de leurs violons,
Faisait lever le vent
Dans la chanson des blés.

… / …

Elles auraient tant aimé ressentir longuement dans leur dos
Une fois dernière
La fraîcheur des grillons, le tremblement de l'herbe
Et l'odeur légère des enfants de la terre !
Puis délestées, dans les airs

Avec pour signature
L'ancien tracé des rues, des visages et des noms.

C'ÉTAIT UN DEUX DÉCEMBRE

Du tiroir de droite j'avais ressorti
La lourde clé de l'imposant portail gris-bleu :
Accrochée à un ovale, en cuir noir
D'où ressortaient au milieu deux petits canards en métal argenté.
Collés en biais, prêts à s'envoler
Vers d'autres contrées !
Et je me souvenais d'avoir, seul
Refermé cette porte.
Un hiver.
Les deux ailes argentées frôlaient ma peau. À chaque tour de clé,
Brillantes et froides.
Comme les cheveux blancs de ma mère
Et son regard si pâle…

LES COULEURS DE MON ÂME

MON ÂME A LA COULEUR...

Mon âme a souvent la couleur des ombres de la terre.

De mains dans les ruelles.
De couvertures pâles et de regards fatigués.
Sans même un ciel pour éclairer sa nuit
Quand elle erre,
Enjambant de partout des corps allongés aux phalanges.
Qu'on aurait – dit-on – cassées
De froid ou d'effroi
Les empêchant d'espérer !

Sous le poids du silence
Mon âme a la couleur rouge des fruits
Trop vite éclatés.

LA TABLE RIDÉE

Entre deux pieds instables
D'une petite table
Pointe par terre, abandonné un jour
Un unique fil rouge.

Dans la pénombre de cet étroit couloir
Seul, il rappelle les ombres.

De sang et d'éraflures,
D'émotions percées,
De doigts brusquement ridés.

Les ombres d'autrefois, celles qu'on ne peut voir…

Quand dans ces sombres pièces
Du front, de grosses perles calmes
Tombaient et retombaient sur le bois creux de longues tables.

Imitant les cours d'eau
Se faufilaient pour former de minuscules ruisseaux
Où des yeux timides s'y reflétaient parfois.

… / …

Et sous les éternels soirs aux ciels craquelés
En énormes draps rouges,
Corps après corps lentement se couchaient.
Visages refermés
Rejouant l'éternel cauchemar de ces petits fils rouges !

POURQUOI ?

Les murs de la pièce, ouverte à tous passants
Cachent leurs aspérités derrière des panneaux blancs,
Si hauts ! Disparaissant eux-mêmes
Sous des morceaux de papier de taille inégale :
Punaisés en tous sens…

Sur la première ligne et en lettres grossières pour être mieux lu, ces mots :
« Redevenons ce que nous sommes »
Et en travers, au stylo vert :
« Au mauvais moment, au mauvais endroit :
Et il n'y aurait plus rien à dire ? »
Dans le coin d'un papier déchiré, un stylo rendant l'âme
A offert cette phrase :
« Je n'écrirai rien parce que les mots me manquent. »

Certains indéchiffrables.
En langue asiatique. En langue arabe. Des langues et des signes.
Venant du cœur, j'imagine.
Un seul mot a suffi…

… / …

Au plus haut,
Un poing serré a tenu un stylo comme on prend un couteau,
Y laissant les traces de sa rage.
Gorge serrée ne peut prononcer de prière!

Et tout en bas, sur la pointe des pieds
Un petit ange a apostrophé Grand-Mère, la tirant par la manche:
« Dis-moi. Tu m'aideras, pour lui envoyer,
À dessiner un cœur? »

TÊTE DE POUPÉE

Seul souvenir dans l'air :
Cette odeur de brûlé.

Sous la jambe brisée
Se cachent
Les bouts se touchant à peine de deux branches cassées.

Comme une tête d'enfant couchée à terre
La poupée en porcelaine rêve,
Ses yeux bleus grand ouverts.

Au tronc d'arbre adossée, une couverture de livre.
Pages à moitié calcinées,
Envolées et suspendues aux branches,
Levant leurs bras bien haut
Pour qu'on les voie :
En signe d'espoir.

... / ...

Un changement de temps.
Un simple coup de vent
Effeuille, une à une
Les pages du conte qui vers le ciel se retourne.

Puis la dernière page,
Dansant de branche en branche,
Rejoint sa couverture.

DE LEURS MAINS GROSSIÈRES

De leurs mains grossières
Ils arrachent le ciel qui se déchire
En lambeaux,
Neigeant sur nos têtes en de milliers d'yeux blancs et bleus,
Étonnés.
À la recherche de leurs petites mains coupées.
Gisant sur les pianos.

Le sang y a coulé des notes de musique,
D'une tout autre époque
Quand les oiseaux du ciel marchaient sur terre, sans ailes
Près de loups sans laisse ni maître
Piquant, flairant et retournant
Les feuilles dorées.

Timides, elles se soulèvent
Noires et blanches, en dessous
Pour laisser apparaître le début d'une partition
Pour mains d'un âge incertain.
Et remontant sur leurs arbres et leurs branches
Elles murmurent un adagio de nuages
Pour enfants disparus.

LA VILLA DE M. L.

Effleurant le bas du mur,
Un vent dansait avec des pensées violettes :
Les jaunes, plus discrètes
Frémissent imperceptiblement.
Éternellement.

Et tout au bord du lac, à cette heure encore bleue
De timides vagues, presque froides déjà, plissaient des yeux.
Comme si c'était la première fois qu'une brise de soir à Berlin,
Au bord du Wannsee
Caressait les plumes des oiseaux
Glissant leurs mélodies, par les fenêtres ouvertes
Derrière les tableaux
Disparus.
Qui avaient retracé, en des milliers de couleurs et d'heures
Les ressacs de son âme.

Il en restait, sur un seul de ces murs
Une tache émeraude :
De L, la signature.
Que, rageuses, les bottes pressées emportant ses œuvres
N'avaient pu effacer !

L'ARBRE 444

Il est une ville d'ailleurs,
Où, de peur de se perdre
Les arbres au bord de l'eau portent des numéros : sur fond bleu !
Leurs feuilles d'antan auraient, à la saison de la guerre, rejoint la terre-mère
Avant même que de naître.

Je suis passé aujourd'hui près du fleuve.
Mais pour la première fois sur la rive opposée !
Devant le 444, je ne saurais dire pourquoi, je me suis arrêté.
Rien d'extraordinaire.
Des ombres comme d'autres : plus fines, plus larges.
Tel un soldat, planté là
Ne sachant qui combattre.

Attendant la pénombre.
Pour, de leurs mains noueuses, rendre leurs numéros à la terre.
442, 443 et 444 s'en iraient, avec leurs racines
Rejoindre, le temps d'une nuit de satin, sur l'herbe humide
Le bois vert de leurs bancs.

... / ...

Dans la froideur de cet étrange été
J'ai rejoint mon café, m'asseoir dans la lumière de ses bruits.
Papillon éphémère, yeux grand-ouverts :
Restait une seule table vide, la T4.
Encore un quatre.
Avec sur un papier mal découpé, ces mots :
Réservé 18 h. Deux pers.
À l'esprit m'est venu, l'idée que je pourrais les attendre,
Plutôt debout. Refaisant l'arbre immobile,
Cette fois sans racines !
Et plongeant du haut de mes plus hautes branches
Dans leurs vieux yeux ridés sous la clarté, je revivrais les éclairs de leur guerre…

À ma montre est passée l'heure. Personne n'est venu.
Décemment, je suis reparti.
Vers la Spree, vers mes arbres qui respirent
La paix du soir.

UNE ÉTOILE À LA PLACE DU CŒUR

Trois mots m'accompagneront vers les étoiles. Dans une boîte :
Avec une photo et leurs tickets de quai.

Le choix était dû au hasard, à un détour de chemin.
Maintenant
L'un, joyau incrusté en belles lettres d'or, déjà oublié dans le marbre.
L'autre a couru
Le long d'un mur, effrité par les impacts de balles.
Et le dernier, plus fragile
Allongé sur le sable.

Tous faisaient, de temps en temps, en moi une ronde joyeuse
Et puis chacun levait les bras dans un cri.
Pour danser, il me suffirait du dernier
Le plus nu, sans accent ni virgule. Ni précédé ni suivi.
Là, immobile.

Devant moi
Cet unique prénom qui aurait eu l'odeur et le goût d'une peau
Bleuâtre dans la fraîcheur, rouge dans le bonheur.

... / ...

Cinq lettres sur le paillasson d'une porte refermée :
Mot de passe à garder, épinglé au revers de la veste.
Une étoile au fond de ma nuit !
À jamais derrière la fenêtre sans vitres ni volets,
Sans yeux.

Sans elle.

LES TRANCHES DES LIVRES

Je traversais inquiet une sorte d'interminable allée,
Faite d'immenses tranches de livres…
Certains ouvraient leurs titres dans le vent.
De gauche comme de droite :
Que d'écritures différentes !

À force de tourner la tête
Un brouillard se faisait devant mes yeux,
Dissimulant les dessins de ces pages
Qui lançaient par effluves le moisi des mots anciens.
Puis le chemin se tordit
Telle une vague qu'on déchire. Avec, dans l'air
Des odeurs de fumée âcre.

En baissant la tête sur mes pieds douloureux
J'ai pu reconnaître sur ce chemin
De petits rails de bois : Il y a longtemps
Je me souvenais d'un train
Troisième classe, banquette de bois verte, contrôle permanent.
Trou dans le ticket !

… / …

Étrange train : en guise de rails
Des crayons que les roues écrasaient inexorablement.
Je continuais ma marche à la même cadence.
J'aurais dû voir que la foule qui me suivait
Ramassait,
Comme s'il s'agissait de doigts brisés,
Les morceaux les mettant soigneusement en poche :
Les couleurs claires d'un côté,
Les autres de l'autre.

Je m'en sentais soulagé !
Que, dans ce chaos
Les pensées se rassemblent.
Ces petits, ces gros morceaux
Dans les poches de leurs vieux manteaux.

Puis, sans que je m'en aperçoive
Tout se fondit lentement en une forme unique
De cathédrale de bois, béante. Sa cloche, détachée du clocher
Tanguait muette comme un pendule. Presque par terre
Au fond de la forêt
Où tout se serait tu.

Sur ce chemin devenu de plus en plus étroit, dans la poussière des pas disparus
Tous ces livres, des arbres et du ciel revenus
S'empilaient. À terre.
Désespérés qu'on passe,
Indifférent.
Comme s'il n'y avait, ici
Plus rien à faire.

CELA ME PREND À LA GORGE

Cela me prend à la gorge,
Me tire vers les bas-fonds avec l'impétuosité des torrents d'orage.
Et sous la vitesse des nuages
Sur ce bateau, d'où s'éloigne le rivage connu…

Sur le pont je perds le contrôle.
Mon sang à fleur de peau coule à travers les flots,
Parcourus de longitudes poissons verts aux yeux bleus
Semblables à de hauts couloirs
D'où sortent des rayons de lumière.

Des larmes sur mes yeux,
Torturé d'un filet de soleil qui n'en finit pas,
Je reconnais des mains redressant un corps au bord d'un lit mouillé :
La tête y repose sous une couronne de bois doré.

À côté, une couverture d'un livre
Quelque peu déchirée montre l'arrière d'un bateau.
Le morceau manquant de papier flotte quelque part,
Sur un autre torrent.

… / …

S'accrochant à une fleur de berge laquelle, désespérément
Tend tout son corps en forme de calice
Pour en recueillir le titre
Et ses mots.

EN NACELLE

Ceux et celles
Qui voguent en nacelle, d'ici à là
Tête vers le bas.
Se cognant au virage
En de chaotiques et multiples langages,
Tous ces corps étrangers dont le sang monte à la tête
Semblent abandonnés des vents.
Pendant que, dans ce temps
Sur terre
Les oiseaux silencieux ont replié leurs ailes…

PASSAIENT ET REPASSAIENT

Ils repassaient dans l'allée et passaient devant moi.
Je n'en distinguais ni les yeux, ni les pieds.
Mes pensées dessinaient des rides bleues sur l'eau,
Des fronts blancs aux voiliers…

Murmures à travers la verdure.
Parlant de la terre et du vent, de paroles envolées
Et de pantalons blancs
De ces soirées aux épaules fraîches qui tombent
Sans qu'on n'y prenne gare !
De derniers mots doucement à l'oreille,
Au détour d'un chemin, où flotte un courant tiède
Porté par deux mouettes curieuses.
Au faible son de la trompette d'un soir.
Sur un banc.

Et relevant la tête, j'aperçus la dernière personne.
En retard. Traversant la pelouse, en lançant un sourire pressé.
J'avais le temps. Je rebaissais les yeux,
Lentement.

Et le gravier dans l'allée
S'éteignit sous la terre.

COMME UN MUSÉE

De salle en salle je marchais
Depuis des heures et des heures,
Traversant ce qui semblait être un musée. Fatigué.
Je me suis assis, un instant.

Un bruit de talons sur le plancher : mais je n'ai vu personne.
De temps à autre
Apparaissait et puis disparaissait, derrière une statue
Une forme immobile, sorte d'uniforme :
Peut-être un gardien.
La lumière n'était pas assez forte, concentrée sur les formes.
Mais il y faisait frais et je m'y sentais bien.

Une main de pierre aux veines apparentes d'un vieillard, bien vivant
Voulut un instant se tendre vers ma tête.
En même temps
Une Marie aux contours un peu flous, sur un tableau
Plongea deux yeux de tendresse vers moi.
Tandis que les plis en bois d'une robe aux couleurs éclatantes,
Certainement du Moyen-Âge,
Furent comme traversés d'un souffle
En captant mon regard.

... / ...

Au bout de la douzième salle : Du moins si j'avais bien compté.
Un immense escalier, puissante rampe d'or et d'acier
J'aurais dû y mettre le pied.
Une curieuse émotion m'empêcha d'y monter !

SUR LA VOIE PARALLÈLE

UN PETIT ENFANT

Un petit enfant
Assis sur les marches du temps.
Les poings devant les yeux,
Se protégeant du vent.

Ce vent furieux !
De ne pouvoir emporter la poussière,
Collée à terre
Par des larmes séchées
Et hurlant
Aux quatre coins des murs.

Ces restes des maisons
Aux cœurs lourds comme pierre...
Lui, silencieux,
Efface ce qui lui colle aux yeux.

Et n'ayant rien à perdre
Redresse son regard
Vers le ciel bleu-doré,
Éclairci de poussière.

DAN

Contre le mur
Le capuchon sur les yeux protégés
Par-dessus les lunettes, il suit les pas des passants
Lesquels lancent de petits cents, parfois sales
Qui roulent à ses pieds.
De ces restes de pain
Il en fera des miettes pour ses oiseaux
Qui viennent de si haut.

Quelques gouttes de pluie avares
Lavent ses yeux, tranquilles et bleus.
Un timide rayon de soleil, de l'autre côté, s'attarde.
Et brusquement ces journées de grand froid
Où les pièces des passants dans les poches
Se cachent.

Dan remonte ses lunettes embuées
Et pour la première fois parle de son pays natal.
Sa femme malade vit, là-bas :
Ses yeux tremblaient en le disant !
Lui aussi, disait-il en hochant doucement la tête
Se sentait fatigué.

... / ...

Depuis hier ou avant-hier son regard manque
Au mur :
Un graffiti intelligent
A recouvert l'espace, attendant son retour…
J'y passe
Chaque jour.

IL CRIE

Il hurle à qui ne veut pas l'entendre
Ses phrases
Et dans la foule
Qui mécaniquement sourit, heure après heure
Il relance son monologue infini :
Mots d'un théâtre étrange
Qui sautent d'un trottoir à l'autre, inquiétant gens et chiens
Qui courent, en pensant
À rien.

Même pas à cet autre, compère involontaire
Dont les douces notes se jouent par terre
Au coin de la rue.
Au bas du mur nu,
Une affiche d'avant-hier a peine à retenir ses quatre coins au béton.
On y voit un visage. On y lit un titre artistiquement écrit, en travers
En lettres rouges : Cri du soir.

Puis, demain
Ses mots reviendront dans leur désordre répété.
Iront sous les arcades
Se lancer à l'assaut des cœurs de la veille,
Bien au chaud sous les boutons flamboyants des manteaux à la mode.

PAUPIÈRES FERMÉES

Paupières fermées, comme par jeu
Un soleil traverse la chaussée que je suis, le pavé s'incurvant sous le pied.
Sauter au-delà,
Par-dessus le trou de la flaque d'eau boueuse
Me rappelant, petit, ma voisine et sa canne nerveuse.

Un dernier soleil titube d'ici, de là
Et les anges de la rue reviennent se poser un à un
À terre, sur leur semblant de lit.
Je revois sous les feuilles, à cet endroit précis, un pansement
Sous la pluie haletante.
S'y dessine à travers ces arbres déjà noirs un rideau de sang
Coulant dessus mes doigts brillants,
Entre les pavés d'or
Qui rejoindront au matin les rigoles rieuses.

Ce n'est pourtant pas l'heure,
Ni le jour ni la nuit de cris de joie
Ou de jouets en bois !

... / ...

Des rouges et des noirs il n'en reste rien, de ces cieux étranges
En direction desquels mes anges ont lancé,
Marquant la fin d'une trop longue journée
D'un dernier geste saccadé
Leur offrande à l'air :
Leurs tricots de toutes couleurs, à peine boueuses
Que leurs âmes ont lavés.

LE PAQUET DE CIGARETTES

Le long du mur de béton
Tout au bord de la Spree,
Trois bancs délavés.
Sur un coin quatre livres de bibliothèque
Avec leurs étiquettes bêtes.
À lire! Si l'on veut.

Au mur. Sous l'escalier.
Ce soutien-gorge noir, suspendu
À l'unique clou des souvenirs perdus.
Et son matelas placé en dessous du ciel grisâtre.

Avec deux souliers attachés à leurs propres lacets:
Si l'un partait se promener…
L'autre resterait-il là sans bouger?

Tout à côté un paquet de cigarettes s'écrase,
Un peu rosâtre: mais ce ne sont pas les siennes!
À l'instant il est parti, je ne sais où:
Il a dû aller en chercher de moins chères.
Son paquet n'avait pas, je me souviens
Ces couleurs de cigarette pour femmes:
Scintillantes comme deux yeux, fines comme deux jambes

Et longues comme l'espoir sans fin.

DES BOULES QUI AURAIENT ÉTÉ POUR LE SAPIN

Il avait accroché à la tente
Des boules pour sapin de Noël lumineuses : deux devant, trois derrière
Qu'un passant dans la pénombre des allées aurait laissé tomber.
Plutôt que de l'argent, voici de la lumière !

Et quand le matin d'aujourd'hui se lève,
Sortant de la tente en plastique terne,
Dans la brume de la bière d'hier et celle de six heures
Une clarté se balance ainsi au-dessus de sa tête,
Rappelant ces étoiles anciennes dont il avait rêvé.
C'était si loin.

Une nuit qu'on n'a pu retenir
Et pourtant qui revient.
Une tombe familière à une unique pierre.
Essuyer, chaque fois, pour voir apparaître ces mots anciens sous le vent
Qui ont redonné aux boules fières cet étonnant brillant.

Silencieuses, rondes et belles
Elles se balancent, fidèles à une idée bien enracinée à l'âme
Que chacun a droit à sa propre clarté.
La sienne, triste ou gaie
À travers les croix
Qui protègent le calme de sa tente.

... / ...

Parfois, un chien de cimetière qui revient renifler de travers
Y veille d'un œil digne.
Au coin de l'allée.

BERND

Il faut me dépêcher.
Je vois d'ici Bernd regarder le cadran de sa montre en plastique rose !
Ni lui ni moi ne la trouvons bien belle :
Mais la pile est neuve d'hier,
Paraît-il.

Car à partir de dix heures trente, lui sort de sa tente
Et se met à tourner en rond
Pour se réchauffer…
Faisant et refaisant des cercles de plus en plus grands
Si bien qu'il passe devant la tente d'à côté :
Une femme aux cheveux blancs.
Chaque jour qui se plaint, l'interpelle.
Car ces mouvements incessants lui cachent la vue sur la Spree
Sur les vagues qui ramènent l'espoir.

Un jour. Prendre un billet. Un avion, quelque part.
Bernd en reparle. Bien décidé à vider son maigre compte en banque
Pour ce billet pour quelque part où il ne ferait, par exemple
Jamais froid.

… / …

Et le destin attend ce matin
Au soleil où l'on marche moins vite, où l'on s'arrête.
Là-bas sûrement on regarde,
On vous parle.

Il faudrait aller voir.

CERFS DE NOËL

Mon manteau perlé de tristesse supporte les regards dans la nuit
Éclairée de cerfs, brillants sur des balcons
De mille et une lampes.

Sortis de leur douce forêt
Où ils s'étaient retirés, deux sabots sur la mousse d'un arbre
Pour venir ici, un à un. Illuminés.
Statufiés par les hommes
Sur de ridicules balcons.

Quand la lourdeur des corps
Sombre pour un soir dans les verres d'alcool.
Trop fatigués
Pour regarder le trottoir en bas
Et les paupières baissées du vieillard éternel,
Ses yeux saoulés de flaques d'eau
Qui laissent miroiter leurs feuilles jaunes.

... / ...

Tournées sur le dos, leurs nervures en un effort suprême
En appellent au vent
Et viennent en mouvements changeants
Se reposer, sur ces pieds nus.
Se font rouges et chaudes.

Parfois dorées :
Forme de deux minuscules ailes !

OSSAM

Dans le quartier où les roses n'ont plus de noms
Au coin de l'unique ruelle. Derrière la poignée de sa porte discrète
Il avait décidé de rester, là
Allongé, pour finir.
Mains maladroitement jointes, comme attendant son bouquet de fleurs
De la couleur de l'amour lointain du désert
Et des yeux craquelés d'une mère!

Au beau milieu d'un rêve de femme inquiète
Elle s'était levée,
En courant
À travers les rues. Vers celui qu'elle aimait
Qui n'avait pas de téléphone pour dire
Qu'il partait…

Sa porte, soigneusement
Verrouillée.
Afin que solitude n'ait que
Odeur de l'âme et du pardon de Dieu.

… / …

Dans ce quartier sans ombres ne poussent plus de roses,
De celles qu'on connaît.
Leurs épines, ne sachant que faire, le long des murs se traînent
Et s'accrochent, telles des barbelés
Aux regards qui s'effacent.

CHEMIN LATÉRAL, NUMÉRO 13

Chemin Latéral, au numéro treize
Habitait Marie-Louise :
Maisonnettes bâties à la hâte pour, comme on dit si bien
Y mettre à survivre
Ceux et celles qui n'ont jamais rien demandé
Et qui n'auront jamais personne à questionner :
Alors, mon chien, tu ne réagis pas !
Ne suis-je pourtant pas bien habillée ?

Ruelle si étroite, que même les insolents moineaux hésitent
À s'y lancer :
C'est peu dire.
Et sans parler des morts lesquels dans leurs cercueils
Sortent – comme ils peuvent – couchés sur le mauvais côté :
Son souci quotidien.
Le sien, bien à elle. Car elle s'endormait toujours sur le dos
Ciel grand ouvert sur ses yeux reposés.

... / ...

Finalement
Elle avait bien fait de rester au treize du Chemin Latéral
Lui martelait, traversant la ruelle
Vélo porté à bouts de bras au dessus de la tête
Jacques, son postier :

Soyez tranquille, Marie-Louise
Ici, personne ne viendra vous toucher.

INTERMÈDE

MOZART EN AMAZONIE

Des oiseaux en Amazonie
Siffleraient des mélodies de Mozart. Cela ne vous étonne pas :
Mozart en Amazonie ?
Certes, cela ne fut jamais été écrit nulle part
Ni que sa calèche se serait embourbée,
Dans un boa.

Imaginez-le,
Sur l'aile d'un oiseau translucide
Rejoignant en haut d'un arbre millénaire des musiques
Que l'on n'entend pas d'ici.
Et la nuit,
Sifflotant des airs
Aux lèvres, il est vrai, un peu violettes.

La nouvelle s'est propagée d'aile en aile
Qu'aurait été retrouvé son corps
Qu'il rejouerait comme autrefois avec son âme, à cache-cache
Derrière les partitions.
Et se moquerait bien,
À jamais.

... / ...

Menottes sous la nuque croisées.
Les notes s'échapperaient en cabrioles de sa bouche
Sur de jeunes nuages, assis autour de lui.
Emerveillés !

DES PIPES AU PLAFOND

Des pipes brillent au plafond,
Par dizaines.
Épées de Damoclès au dessus de ma tête.
Je vois déjà comme une herse,
Descendante !

Mais ce ne sont pas elles, au-dessus, qui fument.
C'est mon corps tout entier qui brûle
Et je tourne ma tête, du bon côté.
Sur mon fauteuil. Un pépé calmement installé
Bourrant sa pipe avec du papier
M'assure qu'il n'y a pas de quoi s'affoler,
Le pain grillé du petit déjeuner n'étant toujours pas prêt…

Et tandis que mes bras essaient de chasser ces pipes qui, maintenant
Se détachent
Qui tombent et rebondissent
Ma femme retire,
Bribe par bribe,
De ma bouche l'éditorial de demain.

... / ...

En première page, une photo de G. G., ce grand écrivain
Disparu aujourd'hui,
La pipe légendaire à la main.

POÈMES À COUPER AUX CISEAUX

Le soir
Je mets mes cauchemars entre les pages d'un livre, à tout hasard
Dans la dernière édition de P. M. :
Chez lui tout crisse et craque !
Des ombres sous le lac, des arbres arrachés.
J'attendrais plutôt des caresses, du soleil sous les draps.
Pas de coups de couteaux dans un matelas dont les plumes s'envolent
En petits éclats de rêves.
Son histoire. Son dernier pigeon, agonisant sur le quai d'une gare
Et j'ai tourné la page.

En serrant les yeux
Afin d'avoir moins peur,
J'ai revu mes pigeons, les miens me revenant heureux.
Par centaines ils soulevaient, pliaient les rails, les transportaient
Vers la mer,
Pour en faire un corail.

... / ...

Mais cette nuit nouvelle m'apparut sa deuxième édition.
J'hésitai à ouvrir.
Enfin j'y lis le mot sourire.
Hélas, en bas de la page je refondis en larmes :
Les ailes de ses pigeons sont des oiseaux en feu.

Alors, en somnambule
Dans un élan de générosité pour tous ces mots perdus
Je me suis dirigé vers le tiroir à ciseaux :
Avec les pointus, qui coupent même l'eau
M'essayer à découper artistiquement les morceaux d'âmes.
Recoller, en faire des poèmes-cerfs-volants
Des pigeons de papier à lancer à l'air frais
Lunettes et rires au bout du nez.
En vain.

Et d'un seul coup, d'un seul, un bête coup de vent
M'arrachent des mains cette œuvre
Inachevée !

Tous ces mots, sur une énorme branche
Se posent et forment une forme très claire : un immense oiseau
Fait de milliers de mots.

À CELLES QUI M'ONT AIMÉ

CANNELLE

Cannelle, noix de coco et l'écho de grand-mère.
La cloche d'une vache, perdue dans la brume des nuages.
Raisins sur le gâteau que piquent les oiseaux.
Des odeurs de bonheur au bord de la fenêtre
Où pend la curiosité d'une branche.
Eau de vie de noix pour sa main qui tremble,
En caressant ma tête.
Et ses vaches reviennent !
Nous, enfants, sautons déjà sur le lit :
Il est si tard.
Mais on restera, longtemps encore
Suspendu à l'entrebâillement de son vague sourire...

SON LIVRE

Son livre est plein de fleurs, de mots
Qu'elle se répète.
Parfois elle pose sa main sur mon bras, montrant le chemin :
Un écureuil.
Les pages qu'elle feuillette
Aux couleurs étonnantes, parlent de sucre et d'amer
De vagues ou de bonheur.
Un crayon y a souligné des phrases en langues étrangères…
Elle m'oblige doucement à y poser le doigt, à en compter les lettres
Et sous mes propres yeux les courbes créent des signes
Qui colorent ma peau.

CANNES

Elle avait aux yeux un sourire brillant
Et sous la peau de petites vagues
Rappelant le soleil, le ciel bleu et le ressac
Dans l'âme de ces pâtés de sable!

À l'esprit, trois photos
Couchées l'une sur l'autre à côté des coquilles qui dorment calmement
Dans de petites boîtes…

Souvenir à l'horizon lointain
D'énormes et riantes mouettes,
De Cannes.

RUE DU GRATTE-SAC

C'est une localité
Où les femmes entrouvrent chaque matin
Leurs fenêtres, craquelées de soleil.
Beau comme le monde
Ce nom,
Presque sorti de ma mémoire.
Secret comme les bourdons, fredonnant la lavande
Et la plaque effacée
Du village perché se terminant par…
Je reviendrai !

En groupe on s'y promène
À travers les ruelles éblouies de citrons
Quand coule l'eau, fraîche, à la belle saison
Nettoyant le marché
Des melons de l'été.
Parfois, sans chapeau, un mouchoir sur la tête.
Mes oranges ballotées par la foule
S'amusent à refaire la mer
Et sa houle.

… / …

Heures et cris des vendeurs éteints,
La main épuisée tombant près du lit
Ouvre grand les fenêtres
Sur les tabliers gris.
Et à même la terre
Un reste de sac de pomme de terre :
Une roule encore son vague à l'âme,
Reniflée par un chien.

La pénombre lascive sur ma chemise mouillée,
Agitée d'un vent de mouettes
Revenant sur la table et montrant du bec mon dernier vin
À la terrasse !
En bas ce chien frôle toujours le mur,
Son regard dans le noir brillant de mille feux.
Il étire pourtant paisiblement ses pattes
Avec le bois qui craque.

Rue du Gratte-Sac :
Un nom
Entre deux maisons coincé,
Rimant avec bonheur et ces heures étroites
Lointainement passées.
Quatre vieux murs épais qui garderont leur chaleur
Et moi ma nudité.

SI BIEN DEHORS

Je serais bien dehors, ce matin, avec elle
Car les maisons aujourd'hui sont repeintes en bleu
Et le ciel s'y reflète,
Discret.

D'une blancheur infinie est ma peine légère qui attend, maintenant
Une main dans la sienne ?

Et ce moment
Où mon corps posera un regard
Sur un soir aux paupières violettes.

SA MAIN

On ne voit que sa main, posée sur son épaule.
Et la respiration profonde de son dos.
Ressortant du drap,
On devine le rêve
Calme et beau.

Léger comme une plume qui tombe du plus profond de l'été
Et ses contours qui se font, lentement,
De plus en plus flous.

La chaleur sur sa joue d'un rayon de soleil passant devant la fenêtre.
Et puis ses yeux,
Découvrant la lumière.

Une petite tache blanche, sur le recoin du drap
S'amuse à bouger !
Une autre au sol s'attarde.
Telles deux ombres claires finissant de sécher.

Sur son visage, pures et pâles,
Les deux dernières gouttes
D'une nuit d'été.

DEUX DOIGTS

Le ciel pointe son doigt vers la cime des arbres.
Deux vieux bras tordus s'embrassent
Dans le noir.

Un pot de myrtilles sauvages s'attarde sur la table.
Sa couleur violette semble celle des branches,
Baissant les bras dans le soir.

Elles restent là. Caressant la fenêtre
En un doux coup de vent :
Un passant peut-être ?

Lancinants battements de cœur qui se referme.
Un doigt dressé se pose, tremblant
Sur deux lèvres.

Et le vent de la nuit s'écartèle sur le volet qui se serre,
S'essouffle à perdre haleine.
La nappe, elle, frémit sa peine
Bien timidement.

Une dernière fois…

SA ROBE

Sa robe,
D'un bleu intense,
Cache une flaque d'eau
Et la beauté rare des cieux.
Traversant la rue,
Un sourire à la main,
Un geste léger
Jette dans l'air du matin une pensée
De femme.

VESTE ROSE

Mes yeux sur l'eau
Retombent, alertés par la coque rouge
D'un voilier irréel
Voguant parallèle à la berge.

Ce bateau, venu de nulle part
Me rappelle la veste en cuir rose, celle que tu portais si souvent
Et que tu rangeais
Pour tout de suite la remettre !
Tel un phare qui clignote
S'éteint d'un côté, pour ressurgir de l'autre.

Peut-être que repassera la voile
Et son vent chaud tout autour de ton cou ?
Je te dirais alors : Regarde
La pluie a certes délavé tes cheveux
Et ta veste même
N'a plus la couleur brillante d'une coque si fière.

... / ...

Qu'importe.
Car ce serait, moi seul,
Qui te verrait retraverser les eaux.
Mes yeux presque fermés attendraient patiemment
Qu'enfin
Une vague invisible t'amène et vienne
Recouvrir mon corps.

VOYAGE

Souvent, bien trop souvent
Il me fallait repartir et chaque fois ailleurs.

Revenant du voyage, heureux,
Ma valise posée
Je l'embrassais.
Comme après un orage.

Le bonheur transparent, je sais bien ce que c'est !
Lever une dernière fois sa main. De dedans
De derrière la vitre d'un train,
En s'égosillant.
Bien inutilement.

Le départ se fait lent. Puis presque fulgurant.
On glisse sur la route
Et la pluie enroule tout. Votre corps,
Jusqu'au bout de vos mains.
Qui restera demain :
Elle, moi.

... / ...

Et ma tête balance de droite et de gauche.
Yeux mi-clos
Assez distinctement j'entrevois, somnolant sur un banc
Seul avec le vent
Mon nounours tout mouillé.
Auprès des feuilles jaunes.

Je ressens cette chaleur humide des caves aux murs gris,
Typique à l'automne.

Un brusque coup de frein :
Une porte de train qui s'ouvre à un soleil aveuglant.
Un haut-parleur en or clame à qui veut bien l'entendre :
Terminus, on descend.
Est-ce la fin du voyage ?
C'est vrai que j'ai peut-être l'âge.

Pourtant je ne m'étonne point
Qu'à l'oreille résonne une voix si lointaine,
Me soufflant un vent chaud venu de nulle part,
Tout naturellement :
Elle sera là demain. Auprès de toi.
Descendant de ce même train. La petite valise à la main.

Celle de tes quatre ans que tu avais oubliée.
Celle à la clé rouillée :
Bourrée de tous tes jouets !

SIMPLE REGARD

Elle a le regard des enfants de la terre,
Le sourire naturel
Et le geste rapide
D'une femme qui cherche à vivre, simplement.
Travail fini, elle rentrait chez elle.
Au coin de la même rue
L'attend un oiseau immobile, mal dessiné
Dans le béton du mur.

BAPTÊME DE GRETA

Tes yeux bleus de poupée, souriant aux flocons
Interrogent le monde.
Ces corps virevoltant autour de toi avec leurs mains énormes :
Quel curieux ballet que ces allers-retours.
Et qu'en dirait ton ange ?
Ne crains rien !
Le vent frais du matin emportera bien loin ces corps étrangers
À ce vent qui, le soir, posera sur tes dix doigts
Les caresses légères des nuages envolés.

Devant tes yeux transparents défileront alors
Des rivages invisibles et beaux,
Où battra encore sans un mot ton cœur à l'ombre des oiseaux
Par toi coloriés.
Déjà, on t'y imagine
Heureuse comme l'eau.
Sautant, entre chemin et herbe, sur des cailloux joyeux.
Y dansant la musique des cieux :
Celle de tes deux premiers mots.

... / ...

Un instant. Une première fleur
Et tu trottines en pleurs !
Un chien, qui ne te connaît pas, te lèchera le doigt.
Un vieillard inconnu avancera son bras.
Étonnée de cette affection aux mains nues,
Tu ne sauras plus vers qui sangloter ton malheur…
Au chien, qui te sent seule
Et marche dans tes pas ?
Ou à l'herbe qui se plie, pour ne pas tout voir ?

De bien longs jours, des années
Et puis des jours si courts aux refrains monotones et aux chansons joyeuses.
Des feux de cheminée. Leurs cendres à peine rougeâtres.
Une ride sur ta main, posée dessus la sienne.

L'HORLOGE DES ÉTÉS

Une grille joliment rouillée :
Où le bonheur vert venait percer encore entre deux briques rouges.
En bas la balustrade qui ne pouvait être que cassée. Avec sa balançoire :
Horloge des étés !
Du temps des plaies aux genoux et blessures diverses,
Pansées de feuilles, mêlées à de la boue.
À l'instant, deux fleurs laissent tomber
Par habitude leurs têtes entre les barres
Où la grille s'accroche.
Indifférente à ces couleurs
Passe une moue éternelle dans une robe en fleurs.

LA CHÂTAIGNE ET L'ENFANT

Une feuille morte descend calmement.

Au sol s'arc-boute,
Comme elle peut, sous la voûte plantaire
D'une patte sale :
Celle qu'un chien anonyme au poil humide
Lequel, très peu discrètement, renifle
De sa truffe terreuse
Sur le trottoir une forme nerveuse :

Étonnante châtaigne et qui roule…

Se baissant fesses au vent, les deux mains parfaitement par terre
Un tout petit enfant.
Cheveux châtains, collectionneur d'automne
S'essayant à ramasser l'objet arrondi,
Piquant, de son désir.
Alors une grande sœur se saisit de lui,
D'une de ses menottes.
Essuyant les doigts d'un papier dont elle fit une boule,
Partant une minute après, toute recroquevillée, dans le fossé !

Pour s'y blottir.
Dans la tiédeur de l'automne.

OASIS

Au bas du mur qui s'incurve dans l'eau
En lettres grises sur fond rose,
Un mot :
Oasis.
Ces cinq lettres regardent avec leur air penché, passer les capitaines
Sur des bateaux
Crachant des minivagues.
Et moi, le nez entre deux arbres
Je suis leurs dos courbés sous les briques du pont.

Rien d'autre
Qu'une tiédeur dans l'air d'une femme qui passe
Au rythme léger de ses sandales rouges qui me précédent
Tout au long du chemin
Tantôt pavé, tantôt rien.
Regard que je ne reverrai sûrement jamais…

Au tournant
Deux vélos noirs de dos,
Cheveux flottants près du lampadaire arrêtés
Qui s'obstine nuit et jour à briller :
Plus tard, souffle-t-elle.

… / …

Et le soleil enfin
Sort et bien sûr repart
S'amusant à glisser, chaque fois, de ce mur sous l'eau pâle.

LE CORBEAU ET LA MOUETTE

Un petit corbeau noir sur ciel bleu
De nerveux mouvements d'ailes lance ses cris
Après une imposante mouette.
Il plonge et remonte, finit par se poser
Sur le bord d'un pont, fatigué.
Elle, majestueusement calme, continue sa marche aérienne
Et je reprends la mienne.

Passant à l'ombre, sous ce pont
Où deux petites filles me dirent : hallo !
L'une à la longue chevelure brune,
L'autre aux cheveux courts très blonds.
Deux sœurs, deux amies, main dans la main.
Étranges et solitaires.

Au-dessus le corbeau énervé, troublé par ces deux âmes
Qui vont si bien ensemble
Effrite de ses griffes la structure du pont.
Des bribes de béton tombent sur la berge des fleurs du soir
Chassant les restes de poussière.

... / ...

Et un nuage de blanches mouettes suit maintenant
La meute des corbeaux couleur d'orage.
J'écarte les bras et je ferme les yeux pour mieux respirer l'air
Et le bruit de l'eau qui coule
Sans elle.

SMS À MA FEMME

Je me tenais sur le quai d'une gare
Cachant ma nudité derrière le sac noir de ma femme,
Demeurée à l'hôpital.
Simplement pour se reposer.

Pour qu'on ne le lui vole, j'avais pris soin d'amener
Avec moi, son portable.
M'est venue l'idée. Lui écrire, comme autrefois des vers.
Par SMS.
Mais comment lira-t-elle ce message ?

Que je suis loin de toi ! Sur un quai d'ombres noires,
Sans rail ni lumière.
Mais ne t'inquiète, je reviens.
Je saurai m'orienter dans les couloirs du vent qui pousse mon dos
Et me souffle au visage, suis-moi.

Et je veux absolument rentrer…
Les gens sont si gentils. Personne ne se moque de mon courage,

… / …

Tremblant et nu sur le quai d'une gare.
Je ne m'en rendais même pas compte, repensant sans cesse :
Aucune réponse d'elle.
Qui savait mon écharpe d'hiver, oubliée dans la chambre
Sur la chaise en fer.

Avec, en son cœur chevillée, la crainte d'une mère
Que le corps d'un homme ne souffre
Dehors,
Si seul.

AU CAFÉ

De jeunes étrangers noient leur café sous des vagues de rire.
Le serveur sourit,
Ne sachant en quelle langue.
Et que dire ?

Tout au fond les journaux se replient hâtivement.
Une voix puissante, très haute
Impose le silence à une vingtaine de têtes.
Et les verres se lèvent
Dans un immense hourra !

Le vieillard à la chaise tremblante
Au milieu des serveurs et de ce brouhaha,
Esquisse, d'un doigt qui retombe
Un geste bien timide.
La commerciale blonde à la table d'à côté
Agite bras levé son carnet :
Sans le moindre succès.

... / ...

Bien cachées,
Deux fillettes silencieuses
Disparaissant sous un tas de manteaux posés sur la banquette,
Tournent et retournent la tête.
Quatre yeux étonnés.

UNE FLAMME À RANIMER

MAINS JOINTES

Mes mains jointes font une large pince
D'où glisserait un corps
Qui ailleurs s'évapore.

Ce chaud espace étroit
Entre mes doigts
De ma respiration, le refuge suprême.

J'y abaisse mes yeux
Peut-être, pour me rassurer.
Spontanément j'en entrouvre les paumes.

Et dans la pénombre
J'aperçois, heureux
Les contours de mon cœur. Battant Pavillon Éternel !

Sur une mer calme
De nuages, rouges et bleus.

BIEN CURIEUSE ÉGLISE

J'ai fait un rêve étrange, m'amenant dans un bâtiment,
Une église, apparemment, où je ne fus jamais.
Mes souliers, eux, s'y trouvaient.

Aucun bruit. Ni chant. Ni orgue. Ni raclements de gorge.
Église bien curieuse, sans plancher ni murs
Et une brume, autour.
Des formes immobiles, en l'air, assises sur des rangées de chaises
Écrivaient, relisaient des textes posés en tas
À côté d'elles. Corrigeant le passé
Inventant le futur.

À mi-service religieux, tout le monde se leva dignement.
On se rendit ensemble devant la grande porte :
Une pause.
J'y retrouvai ma femme que j'avais cherchée en vain.

Et puis à nouveau nous sommes entrés.
Y était-il avant ? Je ne l'avais remarqué. Un ange de Barlach y volait :
Christ détaché de sa croix, corps recouvert d'or.
Dans cette atmosphère vaporeuse, d'un doigt pointé vers en bas
Il nous montrait la voie.

... / ...

D'un seul coup. Juste dessous l'église
J'ai senti monter la fraîcheur des clapotis d'un cours d'eau invisible.
Tous se sont retournés
Et leurs rides s'envolèrent en toiles d'araignée.
À fleur de peau, l'eau claire.
Je m'imaginais y plonger la main. Ainsi je m'assure du rêve
D'un été, d'un hiver, d'un printemps éternel.
D'un voile aux couleurs d'un automne
Brillantes feuilles rouges,
Transparentes comme les traits d'un jeune visage
Éclairé de dedans.

Délaissant nos feuillets griffonnés
Voilà que nous nous amusions, sautant sur des cailloux rieurs :
C'était hier.

ST. BERTRAND

Un petit cloître habillé de gris sous un ciel de verdure.
Et son pavé brillant :
Légers reflets d'une marche lente, courbée
Des anciens temps…

Ouvert sur le vent, y soufflant le crachin en silence.
Ponctué des cloches lointaines
De la vallée et de ses troupeaux.

Une statue sans mains, veilleur du jour et de la nuit
Tourne vers les cieux son visage angélique :
Une colonne sculptée, fière de son agneau
Et de son banc de pierre
Invite au repos des âmes de la terre.

Des roses lumineuses s'accrochent en permanence,
Tout près des tombeaux.
Tandis que l'air vibre
Par dessous les ardoises bancales,
S'essayant à effacer l'inscription poétique
D'une des sépultures :

… / …

Mais la pierre se retourne,
En cachant l'écriture !

Un jour, un jour viendra.
Nos bergers se le racontent déjà.
Où les moutons remontant seuls la vallée viendront brouter,
Se couchant près des tombes,
Les épines des roses.

Et la statue,
Ayant retrouvé ses mains,
Tiendra dans ses bras
Le bel agneau de pierre.

POMPÉIENNE

Au réveil
Mon regard au couloir se pose
Sur la statue en marbre blanc de notre pompéienne :

Le bras en arrière, de la main retenant un chignon
Qui se défait avec le temps.
Son sein dur se relève.
Mouvement accentué par ses jambes, négligemment croisées
Projetant en avant ce qu'elle ne veut montrer.

Un matin,
Elle me fera signe du doigt : approche-toi.
Enfin, je saurai si le marbre est froid !
Peut-être me parlera-t-elle aussi de la chaleur du feu
Et de sa cendre
Qui aurait mis la vie jusque dans la pierre
Au soleil du cimetière.

Que l'on caresse,
Tiède comme le nuage blanc.

ILS SOIGNENT SI MAL LEURS TOMBES

Il ne comprend pas :
Les gens soignent si peu leurs tombes…
Ici,
Des fleurs trop vieilles, encore, baissent la tête.
Là-bas,
Un morceau de mur qui s'effrite, tout seul.

Au village, certes
On connaît bien les visages
De ceux qui ne vivent plus ici où personne ne s'attarde.

Si ce n'est une dame, attirée par la pierre.
S'arrête.
Une pensée à ceux, à celles qu'elle regrette
De n'avoir connu ?

Lui s'évertue à dire, au détour d'une allée :
Si je pouvais la revoir.
Lui demander.

… / …

Dans les masses des feuilles
Virevoltant, curieusement seul, un corbeau fait cent fois
Les cents pas.

CIMETIÈRE DES PAPILLONS JAUNES

Dans le silence. Au milieu de l'allée.
Avec la nuit. Il attend l'heure

Où les tombes s'éveilleront à l'ombre.
Où le soleil redressera les têtes des bouquets flétris
Craquant leurs douleurs de la veille.
Où des vagues de rayons traceront entre les pierres,
Aux promeneurs, des allées inondées.
Où les anges, derrière leurs grandes stèles
Glisseront un sourire
À ceux qui l'entrevoient.

Une pensée, portée à vos cheveux
Par des papillons jaunes.
Le geste est poétique : laissez-les s'y poser !

Et qu'ils guident votre soir
À travers des allées que personne ne voit.

REGRETS DE NE PLUS VOIR

Je regrette de ne plus voir les arbres des oiseaux noirs
Et la pierre rouge,
Marbrée
Des cimetières.
Attendant qu'une main se pose sur elle.
Au matin.
Quand le vent qui vient de naître n'a pas encore d'histoire
Et que des paroles tournent, silencieuses
Dans les allées
Effleurant, en pétales légers
Le visage des pas éloignés.

CYPRÈS BLANCS

Les feuilles humides séchant mal dans la pénombre
Accompagnaient à travers les allées
La solitude des soirs de ceux d'hier et d'avant-hier.
Pour eux la croix, les cailloux et la pierre s'étaient habillés de blanc
Et deux jeunes cyprès, à l'allure fière, défiaient le temps
Qui même s'y était arrêté.

Jour après jour
Le gravier ramenait du soleil dans les yeux étonnés des passants
Déshabitués de l'immaculé de cieux, remontant de la terre.
Pourtant il aurait suffi de creuser,
Du cœur et des deux mains,
Pour que réapparaissent le gravier étincelant et les soirs qui s'allongent.

Enfoncés dans la glaise, de décembre à mai et de mai à décembre
Sans crissement aucun
Les cailloux brillent des larmes de l'oubli.
Là où des enfants aux cheveux d'or pleurent le chemin
Que retracent en bas des étoiles de pierre, lourdes du souvenir
Des arbres des prairies.

... / ...

Une courte année suffira.
Et des noisettes enfouies des écureuils
Refleuriront un minuscule automne,
À peine visible.
Derrière le plus grand des deux petits cyprès.
Tout à côté, le banc gris de novembre
Et les feuilles muettes revenues
S'y poser.

JE ME SUIS ENCORE INSTALLÉ SUR CE BANC

Je me suis à nouveau installé sur le banc. À côté d'elle.
Pas n'importe lequel.
Celui du milieu, en retrait : juste la place pour deux…
Sur l'allée crissent en vagues régulières les graviers des passants.

Je m'essaie à écrire, en silence.
Mais un moucheron m'interpelle
Que je chasse du chapeau,
Libérant d'un coup de vent des lumières éternelles.
Hésitantes un moment à cet appel,
Des ombres cachées dans l'herbe finalement
Viennent danser sur l'une de ses mains
Pas si loin de la mienne.

Quittant mon papier,
Je les regarde du coin de l'œil, découvrant pour la première fois
Les fines nervures tout autour de ses bagues
Et m'imagine
Deux yeux dorés.

… / …

Des cheveux plus brillants que ce banc neuf, tout blanc.
Deux ailes bleues repliées et prêtes à s'envoler
Au moindre de mes gestes !

MOMENT DE JOIE,
INSTANT DE PEINE

ÉTERNITÉ D'HIER

Mon arbre,
Toujours sa même branche
Se promène en aller et retour à la fenêtre.
Une bougie s'évertue, faiblement, à éclairer
Ce qui reste de nuit.
Et la statue dans le couloir de marbre, tout comme la veille
Recommence l'éternité d'hier.
Je peux me rendormir.
Ils sont bien là,
Tous les trois.

TOUT LE BONHEUR DU MONDE

Tout le bonheur du monde
Flotte sur la rivière
Et son eau silencieuse se pose sur la terre.

Les méandres du ciel régulièrement se déplacent,
Épousant les rivages
Où des étoiles bleues retracent les visages.

Du monde, la lenteur
Et du ciel, la splendeur.

BERCEAU BLANC

Sous les premiers cieux et leurs lambeaux de nuages une brume,
Lentement, pour qu'on ne la regarde,
Monte et s'efface,
Pressée par les clochettes des moutons des collines, courant
À l'aube merveilleuse !
Vers ce moment
Du brusque réveil d'un berceau en bois blanc.
Là, en bas
Où dans le ruisseau des prés
Boit à la va-vite un vieux chien de berger.

TROU DANS L'OSIER

Les fauteuils ont gardé aux bras la couleur de l'automne.

Celle de ces dimanches après-midi où l'on s'y assied
Quand sortent les chiens,
Renifler les châtaignes.

Et que les branches pendent,
Lourdes de chagrins.

L'osier en est usé, à un unique endroit
Et j'y ai fait discrètement un trou pour y passer mon doigt.

M'accrochant de la main, tel un enfant
À son premier jouet.

EN UNE JOIE SOUDAINE

La brume, d'heure en heure plus fine,
S'étale dans le rêve fini
Et les coins de ma chambre retrouvent le vague sourire
Aux feuilles d'or, éclairées de lumière.
Celui des lampadaires d'hier,
Pour chiens, tournant autour des enfants des bancs
Redevenant miens
En une joie soudaine!

TATOUAGE

Mon trottoir, un été
Jonché de feuilles mortes.
Deux ou trois qui surnagent dans une flaque d'eau
Et, les autres
Avec le vent précèdent les passants.
J'y croise un bras tatoué :
Dessin si beau d'un oiseau gris et bleu, hésitant à sortir de sa cage…
Et me voilà soudainement jaloux de cette feuille morte
Qui devant moi
S'arrache aux regards !

AU TEMPS DU BEC DES OISEAUX NOIRS

Sous les ponts des peut-être
L'eau, remontant des fonds verts
Vient y cacher son bruit.

Un groupe de cygnes blancs
Tourne en rond dans le soir, à la recherche de mon gant.
Une main dans ma poche, pour avoir moins froid
Tandis que l'autre agite un au revoir!

Il se fait déjà si tard…
Je marche avec l'automne
Qui s'évanouit du bec des oiseaux noirs.

UNE TRISTESSE M'HABITE

Une tristesse m'habite,
Si profonde que ma marche s'en fait presque solennelle…
Deux canards sur le lac tirent leur cou pour suivre mon manège :
Je tourne, je retourne la berge
Où l'herbe écrasée se relève
Avec peine.
Tandis que les arbres s'enveloppent d'un vent
Qui ne sait vraiment pas où aller
Le gris dans le ciel a ce reste de bleu au coin des yeux
Qui tourneront la page.

JARDIN

Mon jardin ressemble à une grille, ovale
Et sans limites
Faite de tiges au bout desquelles se tiendraient,
Prêts à tomber,
Des visages en fleur
Lesquels, à défaut de mots, agiteraient leurs couleurs
Signalant un vertige. Un lourd orage.
Un vent passé,
Venu d'ailleurs.

DANS SON PARC, À WEIMAR

Je reprenais le chemin, passant devant la tour dont la fenêtre béante
Offre son corps aux plantes odorantes.
Descendant l'escalier étroit,
Je me heurtais, immanquablement, l'épaule au même mur de pierre !

Il m'amenait au bord d'un ruisseau à poissons rares
Lesquels peinaient à nager
Sous le petit pont en bois, tout de blanc repeint
À chaque saison.
Donnant sur une large allée et sa prairie ouverte aux peupliers
Aux mères et aux enfants des écoles.

Au fond,
Sa maisonnette joyeusement entourée de fleurs.
Une chaise. Un lit. D'immuables objets.
Une œuvre du poète posée, ouverte :
Des mots griffonnés, ses pensées mal écrites

Que je promènais avec moi,
Sur mon banc, flottant avec les feuilles d'automne dans ma tête.
Au milieu de son parc
Où J.W.G. faisait, je m'imagine, seul cent fois les pas…

TABLE DES MATIÈRES

Imprimé en France
978-2-310-03266-7
Dépôt légal : 1er trimestre 2017